K. E. ADAMUS

GRANICE ROZUMU

Wydawnictwo 161 DAYS

Od Autorki:

Książka została napisana w 2011 roku i opisuje fikcyjne wydarzenia. Jakiekolwiek podobieństwo do osób żyjących, bądź zmarłych jest przypadkowe i niezamierzone.

Szanowny Panie Doktorze!

Uprzejmie pragnę pana poinformować, iż od roku nie leczę się w pana przychodni, ani nigdzie indziej, a obiecany mi przez pana przymus leczenia szpitalnego w razie zaistnienia takiej sytuacji nie został wprowadzony w życie.

Hasam sobie na wolności i od początku biorę tylko połowę końskiej dawki leku, którą mi pan przepisał, dzięki czemu udało mi się zmagazynować jego kilkanaście opakowań, które powinny wystarczyć na rok życia.

Zapewne zastanawia się pan, po co do niego piszę.

Otóż z krótkiej obserwacji, poczynionej przeze mnie w trakcie dwóch pobytów w pańskim szpitalu, wynika, iż pana despotyczna natura ze skłonnością do dziwactw bardzo przypomina osobowość mojej zmarłej niedawno ciotki – śp. Pelagii Mróz.

W zeszłym tygodniu odbył się pogrzeb, na który nie pojechałem, gdyż słyszane przeze mnie głosy często mnie rozśmieszają. Pan także doszedłby do wniosku, iż chichotanie na pogrzebie nie jest stosowne co do czasu i okazji.

Odczytanie testamentu wydało mi się bardziej sprzyjającą okolicznością, tym bardziej, iż ciotka wiedziała o mojej przypadłości, nazywanej przez was schizofrenią paranoidalną, i przez całe życie nie pałała do mnie zbytnią

5

sympatią, może przez to, iż, jak na jej gust, byłem za chudy.

Właśnie odszedłem od pisania tej epistoły, żeby zarezerwować bilet do Paryża i kupić ulubioną herbatę. I co się okazało?

Hakerzy, którzy są na usługach prawdopodobnie którejś z agencji rządowych, jeszcze nie wiem jakiego kraju, uniemożliwili mi zakup.

Czują się bezkarni, męcząc paranoika, bo nikt mu w takie bzdury nie uwierzy.

Pominę więc szczegóły i niestety nie opiszę obrazowo mąk psychicznych, które im zgotowałem w swoim umyśle, i mam nadzieję, że także w realnej przyszłości, gdyż takie opisy nie leżą aktualnie w moim interesie.

Wróćmy do ciotki.

Liczyłem po cichu na współpracę głosów, iż w odpowiednim momencie podczas odczytywania testamentu podsuną mi jakąś jadowitą puentę, jak się nieraz zdarzało, gdy siedziałem samotnie i traciłem czas na myślenie, jednak odczytany testament im także odebrał mowę.

Mieszkanie dostał bratanek, który od piętnastu lat mieszka w Stanach Zjednoczonych i z tego co pamiętam regularnie sikał do paprotek ciotki. Książki z autografami pisarzy, w celu zdobycia których ciotka odbywała liczne wojaże, dostała siostrzenica, która wypaliła kiedyś dziurę w wykładzinie denatki. Obrazy olejne i akwarele znanych polskich malarzy, których nazwiska wyleciały z mojej, już aż nadto zaśmieconej pamięci, dostał wuj, który w trakcie swojej pierwszej i ostatniej wycieczki w dorosłym życiu stracił nogę z pomocą krokodyla z wrocławskiego ZOO oraz pół litra wódki, wypitej przed tym wiekopomnym spotkaniem z dużym gadem.

Szczegóły tej interesującej konfrontacji spowija mrok tajemnicy rodzinnej.

Reszta rodziny nie dostała nic, a ja dostałem tę część spadku, do której potrzeba dużej odpowiedzialności.

Proszę mi szczerze napisać, czy uważa mnie pan za odpowiedzialną osobę, a jeżeli nie, czy zechce pan objąć w posiadanie moją część spadku?

Dodam do niej szczegółową instrukcję obsługi. Pozdrawiam i życzę miłego leczenia świrów.

Hubert Kawka

email: od‹w.pawski@...› do‹hubert.kawka@...›

Szanowny Pacjencie!

Martwi mnie pański stan zdrowia. Pochopne pozbywanie się spadku nie świadczy dobrze o pańskim stanie psychicznym. Co więcej może to być przesłanką do złożenia wniosku o ubezwłasnowolnienie i wyznaczenie prawnego opiekuna.

Dobrze, że bierze pan leki, szkoda tylko że połowę dawki.

Proszę skontaktować się z lekarzem.

Włodzimierz Pawski

email: od ‹hubert.kawka@...› do ‹w.pawski@...›

Szanowny Panie Doktorze!

Wątpię, czy śmiertelnicy mi pomogą, chyba zadarłem z jakąś siłą wyższą i nawet wiem, kiedy to nastąpiło.

Otóż gdy miałem 17 lat, postanowiłem nie wierzyć w Boga lub jakąkolwiek nadprzyrodzoną moc, a zamiast tego postanowiłem wierzyć w siebie. Może stało się tak, gdyż żadna z moich modlitw nie została wysłuchana, w każdym razie od tego momentu zacząłem ponosić klęski. Wiem o tym dopiero teraz, gdyż wówczas wydawało mi się, iż odnoszę sukcesy. Tymczasem z perspektywy czasu okazały się kolejnymi kamyczkami do trumny i kompletnego udupienia się.

O sposobach, w jaki przejawia się ciążące nade mną fatum wolę się na razie nie wypowiadać, myślę iż nie leży to w moim interesie.

Powiem tylko, iż są to imponderabilia, bo o znikanie przedmiotów wciąż podejrzewam służby specjalne. Mam zamiar ignorować fatum, czy też siłę wyższą.

Myślę, iż nadmierne zainteresowanie moją osobą świadczy o zaawansowanej głupocie. W ten chyba sposób doszedłem do wniosku, iż Bóg jest głupi i pamiętając o swoich wyczynach, o których wstyd wspominać, a które świadczą o moim idiotyzmie, poczułem się właśnie równy Bogu.

Mam nadzieję, że ten email nie wpadnie w ręce fanatyków

religijnych, bo miałbym chyba jeszcze bardziej przesrane niż teraz – póki co tylko czasami lustruję dachy w poszukiwaniu mierzącego do mnie snajpera.

Wracając do przyziemnych spraw - ciotka podarowała mi w prezencie psa. Jest to skrzyżowanie chau – chau i jamnika.

Chau – chau nie oznacza wydawanych przez psy odgłosów, lecz jest to rasa, niestety nie wiem, jak poprawnie ją napisać, ani czy to właściwa rasa.

Nie widziałem jeszcze bestii na oczy, ale już sporo usłyszałem od kuzyna, który się nim opiekuje do czasu przekazania spadkobiercy; czyli niestety mnie.

Myślę, że psu przydałby się miniaturowy kaftan bezpieczeństwa (wersja na cztery odnóża) oraz porządna terapia, dlatego właśnie pomyślałem o panu. Pozdrawiam
Hubert Kawka

email: od ‹w.pawski@...› do ‹hubert.kawka@...›

Szanowny Pacjencie!

Z tego co wiem, aczkolwiek nie jestem specjalnie wierzący, Bóg interesuje się każdym, więc nie powinien pan czuć się specjalnie wyróżniony i popadać w manię wielkości.

W zasadzie, jako pański lekarz, nie powinienem pisać tak zjadliwego zdania, ale muszę przyznać, że działa mi pan na nerwy.

Pański list świadczy o zaawansowanej psychozie. Proszę

skontaktować się z lekarzem.

Włodzimierz Pawski.
P.S. Wątpię, czy pies istnieje.

Email: od <hubert.kawka@...> do<w.pawski@...>

Szanowny Panie Doktorze!
Pies podobno istnieje. Sam zwątpiłem, iż coś takiego może chodzić po kuli ziemskiej, po przeczytaniu zaledwie kilku smsów od kuzyna, a dostałem ich już kilkaset. Jak się pan zapewne domyśla, sprawa jest nagląca.
Do tej pory nie odpisał mi pan, czy się zgadza na przejęcie psa. Zapomniałem dodać, iż oddaję go zupełnie za darmo. Dodać jeszcze mogę egzemplarz książki, którą planuję ukończyć za kilka miesięcy. Proszę o zdecydowaną odpowiedź Pozdrawiam

Hubert Kawka

Email: od < leczsielecz@...> do<hubert.kawka@...>

Upierdliwy pacjencie!
Specjalnie piszę ten email z nowego konta. Chcę panu powiedzieć, co myślę o jego próbie napisania książki; tak, mam już dosyć pańskich maili.

Sam zamysł napisania książki jest z gruntu szlachetny, ale muszę pana uprzedzić, iż próba ta skończy się niepowodzeniem. Jednym słowem – nikt pana książki nie kupi, bo, sądząc po pańskich mailach, nic się tam nie będzie trzymać kupy, nie będzie posiadać sensu, z pewnością będzie tam za to królować chaos i bezhołowie.

Jednym słowem straci pan tylko czas, którego ma pan pewnie mało, bo większość schizofreników raczej nie dożywa sędziwego wieku.

Proszę przeznaczyć ten czas na coś pożytecznego, a jeżeli pan nie potrafi, proszę nie szkodzić społeczeństwu, na przykład poprzez odrywanie mnie od pracy.

Wkurzony lekarz

Email: od <hubert.kawka@...> do <w.pawski@...>

Szanowny Panie Doktorze!
Z przykrością muszę panu oznajmić, iż znalazłem w pana wypowiedzi błąd logiczny. Znajduje się on w następującym zdaniu:
„Z pewnością będzie tam królować chaos i bezhołowie".
Otóż uważam, iż są to stany, które się nawzajem wykluczają.
Skoro już się pan zdecydował na opinię (dodam, iż zrobił to pan nie przeczytawszy ani jednej strony mojej książki) iż w mojej powieści będzie „królował chaos" to dlaczego dodał

11

pan tam także stan bezhołowia?

Myślę, iż jest pan na bakier ze słownictwem, pańska profesja zrobiła mu mimowolne pranie mózgu.

Bezhołowie oznacza bezkrólewie, a sam pan stwierdził iż rządzić będzie chaos. Dziwny to wybór, może chodziło panu o jakąś personifikację?

W sumie jest pan psychiatrą, niczemu nie powinienem się dziwić.

Jeżeli chodzi o zbyt mojej książki, liczę na pozostałych schizofreników. Nie wiem, ile jest obecnie ludności na świecie, ale 3% z tego to całkiem pokaźna grupa docelowa.

Proszę się nie martwić o marketing, mam zamiar na swojej chorobie zarobić.

Pozdrawiam

Hubert Kawka

Email: od ‹grafomaniarules@...› do‹hubert.kawka@...›

Upierdliwy pacjencie!

Piszę z kolejnego konta, gdyż wyprowadził mnie pan z równowagi. Zapewne ćwiczy pan swoje riposty na samym sobie, z braku kontaktu z innymi ludźmi – nikt nie lubi schizofreników i są ku temu powody. Pominę je tutaj z litości.

Czy uważa pan, że tylko on jest śledzony, czy inni też?

I czy może mi pan podać powód, dla którego komuś chciałoby się tracić czas i pieniądze na śledzenie go? Nie jest pan ministrem gospodarki, a pańskie próby pisarskie są zapewne żenujące.

Na paparazzich trzeba sobie zasłużyć.

Proszę brać leki i skontaktować się z lekarzem. EX – lekarz.

P.S. Proszę nie przychodzić do mojej przychodni.

Email: od ‹hubert.kawka@...› do ‹w.pawski@...›

Szanowny Lekarzu!
Powodów do śledzenia mnie znalazłoby się mnóstwo, pierwszy chronologicznie... Może lepiej podam drugi... jest następujący: przed swoim pierwszym pobytem w szpitalu udało mi się uciec z komisariatu. Myślę, iż nie zdarza się to często wśród zatrzymanych, mógł to być więc jeden z powodów do prowadzenia obserwacji. Dla mnie jest to wprawdzie powód błahy, ale nikt nie zrozumie logiki myślenia u tak zwanych „osób zdrowych na umyśle". Doświadczenie nauczyło mnie, iż tak zwani „normalni" są bardziej nieprzewidywalni od szaleńców. Szaleńców wprawdzie obawiam się bardziej, ale przynajmniej fakt, iż może im odbić ma wysoki stopień prawdopodobieństwa, podczas gdy w przypadku osób zdrowych jest to zawsze niemiłą niespodzianką. (...)
Po długim namyśle muszę stwierdzić, iż jednak nie spotkałem jeszcze na swojej drodze osoby, której psychika byłaby w zupełnym porządku. Najczęstszą przypadłością

wśród bliźnich, z którymi miałem kontakt, jest nerwica.

Zauważyłem pewne jej oznaki u pana.

Jeżeli nie chce pan iść w ślady swoich pielęgniarek, które potajemnie łykają pigułki ze szpitalnej apteczki, proszę zacząć pić melisę.

Szczerze zmartwiony stanem pańskich nerwów,
Hubert Kawka

Email: od <hubert.kawka@...> do<w.pawski@...>

Szanowny Doktorze!

Jak się czuje pana trzódka na oddziale zamkniętym?

Zapewne to, co teraz napiszę, zabrzmi jak bredzenie chorego wariata, ale czuje, że mam do spełnienia misję. Domyślam się, iż teraz przychodzą panu do głowy myśli, iż jest to coś w rodzaju odnalezienia zaginionego sztyletu porcelanowej dynastii, a następnie zabicie nim prezydenta.

Otóż myli się pan.

Przede wszystkim brzydzę się przemocą i zdecydowanie wolę zdrowe interakcje międzyludzkie, które w dzisiejszej rzeczywistości są raczej rzadkością. Misja jest trudnym zadaniem.

Jest nią zmiana sposobu postrzegania schizofreników i udzielenie im kredytu wiary. Obecnie schizofrenia oznacza deprecjację zeznań chorego na nią człowieka w sądzie. Właśnie sobie zadaję pytanie, czy to tylko ja jestem śledzony przez nieznane mi organizacje (o tym iż jest to zespół ludzi, świadczą ich poczynania, wskazujące na duży zasób pieniędzy – a to prowadzi do wniosku, iż jest to jakaś organizacja państwowa).

Jest kilka opcji odpowiedzi. Albo śledzeni są ci bardziej inteligentni, albo też przeprowadzane są na nich badania naukowe, przy czym mam nadzieje, iż nie są to eksperymenty. Brzmi to paranoicznie, ale paranoja dla niektórych organów może stanowić ciekawe zjawisko. Mogą przeprowadzać badania, jak rozbudzić ją do stanu maniakalnego, a następnie zdobytą wiedzę wykorzystać w celu wywołania kilkudniowej biegunki u typa w stylu Kadafiego.

Czymkolwiek się owe organizacje kierują, ich poczynania są bezkarne, ponieważ fakty, które przedstawiają schizofrenicy, brzmią niczym streszczenie filmu sensacyjnego lub thrillera, a psychiatrzy, którzy słuchają tych wynurzeń mają zamknięte umysły.

Zdaję sobie sprawę, jak cudacznie brzmią moje słowa; tak, wdziałem już wiele min, obrazujących zażenowanie, politowanie lub przerażenie, iż ktoś może być aż tak stuknięty.

Jest więc to misja skazana na porażkę, ale czuję, iż mam potencjał, by zrobić trochę zamieszania na tym świecie.

Proszę nie pytać, czy biorę leki. Zawsze słyszę to pytanie, gdy opowiadam historie, które przydarzyły mi się naprawdę i drażni mnie już to pytanie.

PS Wysyłam psa. Podobno nie istnieje, więc nie ma się czym pan martwić.

Email: od <hubert.kawka@...> do<w.pawski@...>

Szanowny Panie Doktorze!

Sądząc po pańskim milczeniu, pies jeszcze nie osiągnął swojej destynacji. Ostatnio słyszałem o przymusowym lądowaniu samolotu, na którego pokładzie pies pogryzł stewardesę i kilku pasażerów. Rasa psa wprawdzie się nie zgadza, ale myślę, iż nikt nie podałby prawdziwej genealogii Kustosza do publicznej wiadomości, gdyż naraziłoby to na szwank opinię linii lotniczych.

Wiem, wiem, Kustosz miał dotrzeć do pana drogą lądową, ale, zważywszy na charakter tego czworonoga, może to być długa i upierdliwa dla otoczenia peregrynacja.

Proszę mnie poinformować, gdy pies w końcu dotrze do pana. Sam wolę się o niego nie upominać.

Przesyłka została nadana przy wykorzystaniu danych osobowych wójta gminy Oborniki.

Prawda, że malownicza nazwa miejscowości? Wszelkie reklamacje będzie pan musiał składać u wójta.

Domyślam się, że jest pan oburzony, ale czego spodziewał się pan po szaleńcu?

Sami otworzyliście nam furtkę, piętnując mianem niepoczytalnych, nielogicznych i nieracjonalnych.

Swoją drogą myślę, iż posłużenie się cudzymi danymi osobowymi było w tym przypadku jak najbardziej racjonalne.

No tak, zapomniałem, że pies to obiekt mojej imaginacji, ale myślę, iż po zobaczeniu tego stwora, uwierzy pan w kosmitów.

Zapewne jestem w pańskim mniemaniu zimnym psychopatą, Który nie dba o los nawet wyimaginowanych zwierząt. Otóż dbam, stąd moje listy. W sumie obawiałbym się o los psa.

Lekarze są bezduszni i Kustosz zapewne skończyłby jako królik doświadczalny, gdyby nie jego szczęśliwa psia gwiazda, które to ciało niebieskie wielu ludzi, którzy spotkali tego psa na swojej drodze, chciałoby unicestwić.

A teraz pytanie z innej beczki. Czasami przyłapuję się we śnie na układaniu zdań powieści, przy czym ich jakość przewyższa wszystko, co jestem w stanie stworzyć na jawie.

Budzę się w przeświadczeniu, iż oto stworzyłem coś wspaniałego, lecz niestety nic nie pamiętam i z moich ust zamiast tych wysublimowanych zdań pada prozaiczne: „kurwa!".

Co pan o tym sądzi? Mam nadzieję, iż wzniesie się pan nieco ponad psychiatryczne bluzgi i uzyskam jakąś interesującą wiadomość.

Pozdrawiam

Hubert Kawka

Email: od ‹w.pawski@...› do ‹leon.krol@...›

Szanowny Panie!

Jestem ordynatorem oddziału zamkniętego szpitala psychiatrycznego w Łukowej.

Piszę do pana w trosce o jego bezpieczeństwo.

Od pewnego czasu otrzymuję maile od jednego z byłych pacjentów. Nie wiadomo, gdzie on obecnie przebywa, ale, sądząc po treści jego listów, znajduje się w stanie ostrej psychozy i nie zażywa leków.

W jednym z maili napisał, iż zaczął używać pańskich danych osobowych. Nie będę zasypywał pana terminami medycznymi, żeby zanalizować to zachowanie. Powiem tylko, iż jest to jednostka niebezpieczna, na dodatek obdarzona pewną dozą przewrotnej inteligencji, która nie pozwala jej normalnie funkcjonować w społeczeństwie, ale może ułatwić popełnienie przestępstw trudnych do realizacji.

Pacjent nazywa się Hubert Kawka.

Niestety, nie pamiętam, jak wygląda, w zasadzie w ogóle nie kojarzę tego przypadku, co powinno wpłynąć na pańską ostrożność – te nie rzucające się w oczy typy są najgorsze.

Proszę zatroszczyć się o bezpieczeństwo pańskie i pańskiej rodziny, jeżeli takową pan posiada.

Pozdrawiam

Włodzimierz Pawski.

Email: od <odczepsie@...> **do**<hubert.kawka@...>

Chora głowo!

Nie chciałem tego panu wcześniej oznajmiać, ze względu na - niepotrzebną w tym wypadku - delikatność, ale za cholerę nie mogę sobie przypomnieć pańskiego przypadku.

Skoro pański psychiatra o nim nie pamięta, jak w takim razie to możliwe, iż zainteresowali się i pamiętają o panu Oni?

Otóż, Niezapamiętany Przypadku - jest to niemożliwe.

Proszę się udać do najbliższej poradni psychiatrycznej, umówić się na wizytę, wykupić leki i zacząć je zażywać. Nie piszę tego z troski o pana nijaką osobę, tylko w trosce o społeczeństwo, które jest zmuszone z panem obcować, czytaj - pańską rodziną, która zapewne pana utrzymuje.

Niestety nikt jeszcze nie wynalazł lekarstwa na manię wielkości - myślę, iż taki lek jest panu potrzebny.

Doświadczenie z pańskimi przejawami psychozy w postaci maili do lekarza, każe mi zwiększyć dawkę leków wszystkim pacjentom z niewyraźną osobowością, na których nie zwracałem do tej pory szczególnej uwagi.

Mam nadzieję, że nie nabawiłem się przy tym wszystkim alergii na nijakość.

Racjonalny lekarz.

Email: od‹hubert.kawka@...› do‹w.pawski@...›

Znerwicowany Doktorze!

Nie chcąc pogłębiać pańskiego rozstroju żołądka skupię się na neutralnym dla nas temacie, jakim są pieniądze. Tak jak pana, przy moim skromnym udziale (jak pan widzi, nie popadam w manię wielkości, tylko podaję fakty) dopadła alergia na nijakość, tak ja, niestety, cierpię na alergię finansową. Najwyraźniej nie mogę ścierpieć myśli, że mogę się wzbogacić. Nie mogę się wzbogacić przez myśli o hakerach.

Po co trzymać pieniądze na koncie, skoro w każdej chwili mogą zostać skradzione? Po co trzymać pieniądze w domu, skąd jeszcze łatwiej je zabrać? Mam własne dowody na obecność hakerów i włamywaczy, ale, ze względu na pańską rezerwę, pominę je.

Jednak hakerzy to mylny trop. Źródła mojej alergii finansowej tkwią w mojej psychice.

Tak, chciałem pana wpuścić w maliny i sprawiło mi to radość. W końcu jestem nienormalny i podpuszczanie bliźnich sprawia mi radość, tym cenniejszą, że nie można jej z nikim podzielić.

Przejdę jednak do opisu alergii. Wygląda to mniej więcej tak:

Powoli gromadzę i oszczędzam pieniądze. Kiedy suma osiągnie pułap kilku tysięcy, dopada mnie grypa.

Szanuję własną osobę i gdy mam kilka tysięcy na koncie, i

jestem chory, nie idę do pracy, chociaż wiem, że skurwiele mi nie zapłacą.

Odpalam laptop, cierpliwie zamykam ostrzeżenia o wirusach i zabieram się za kupno rzeczy, które chciałem kupić od wielu lat, lub o których w ogóle nie myślałem, wspomagając się okrzykami typu: A chuj tam!

I wtedy pojawia się kontrolowany zakupoholizm – wydaję wszystkie pieniądze do poziomu sumy niezbędnej na pokrycie kosztów życia do następnej wypłaty.

Kładę się spać spłukany, idę na jakąś imprezę następnego dnia, piję alkohol, budzę się z kacem moralnym i wtedy pojawia się niepokój bankruta.

Aby zagłuszyć sumienie zakupoholika biorę się za rozwój swojej osobowości (– tak, powinno to pana przerazić!), co jest tak niewdzięcznym zadaniem, że pozwala skutecznie zapomnieć o mizernej kwocie na koncie.

W międzyczasie zdrowieję i idę znowu zapierdalać do fabryki.

Mam – według pana nieuzasadnione – podejrzenie, że gdybym tylko chciał i nie był tak leniwy, byłbym na wyższym szczeblu drabiny społecznej. Nie chciało mi się.

Dowodzi to mojej przeciętności, dlatego nie obrażam się na pański poprzedni mail.

Proszę przeanalizować moją alergię finansową. Myślę, iż może to być ciekawa rozrywka intelektualna, o ile lubi pan takie zabawy.

Z poważaniem

Upierdliwy pacjent

P.S. Przepraszam za soczyste wyrażenia w tekście.

Email: od <leon.krol@...> do <w.pawski@...>

Morderco!

Wiedziałem, że masz nie po kolei w głowie już w momencie, gdy asystowałem przypadkiem przy twojej rozmowie kwalifikacyjnej, o ile jesteś Włodzimierzem Pawskim.

Jeżeli nim jesteś, na twoim sumieniu ciąży zagłada szkółki leśnej i śmierć grzybiarza.

Jeżeli zaś jesteś Hubertem Kawką, przed którym to niby mnie ostrzegasz, to słyszałem o twoim wyjściu ze szpitala i po tym liście przygotujemy się na twój „powrót". Nie licz na litość.

Cały list trąci psychozą. Masz czelność podszywać się pod psychiatrę, żeby nas tutaj nastraszyć? Grzybiarze zaczęli się uczyć języka angielskiego, bo podobno uciekłeś za granicę, jeżeli jesteś Włodkiem.

Traktuję list jako pogróżki karalne i przekazuję sprawę policji.

Leon Król

PS Łukowa to niby od tego łuku, z którego zabiłeś Mietka, ty mendo?

Email: od <w.pawski@...> do <hubert.kawka@...>

Tak, tym razem udało się panu wpuścić mnie w maliny. Wójt Oborników to jakiś znajomy z psychiatryka? Z tego co wiem, takie znajomości są nietrwałe, najprawdopodobniej zresztą wójt nie utrzymywałby z panem kontaktów.

Pewnie zapamiętał pan jego imię i nazwisko, a adres zdobył sobie tylko wiadomym sposobem.

Dotrzymuję swojej obietnicy – tym bardziej, ze podszywanie się pod inną osobę jest karalne i kieruję sprawę do sądu o wydanie nakazu przymusowego leczenia. Jestem poważną osobą i morze mojej psychiatrycznej cierpliwości zostało wyczerpane.

Dodam, że robię to dla pańskiego dobra, szkoda czasu na marnowanie życia przez chorobę. W szpitalu będzie pan miał dużo czasu na napisanie książki i będzie pan mógł wypróbować marketing bezpośredni na grupie docelowej. Podsunę panu pewną sugestię. Proszę też otworzyć rynek na ludzi chorych na depresję. Myślę, iż pańskie wypociny poprawią im humor.

Do zobaczenia w kaftanie
Lekarz

Email: od‹hubert.kawka@...› do ‹w.pawski@...›

Szanowny Doktorze!

Świadom jestem tego, iż jestem chory psychicznie, ale mimo to uważam, iż zrozumienie pańskiego listu sprawiłoby trudność także osobie normalnej.

Wójta gminy Oborniki wybrałem na dawcę danych personalnych zupełnie przypadkowo. Przeglądając mapę Polski znalazłem miejscowość Oborniki i ta wdzięczna nazwa zapisała się w mojej pamięci.

Czasami zastanawiałem się, jak to jest być jednym z jej mieszkańców. Kiedy więc zmuszony byłem użyć czyichś danych, długo się nie zastanawiałem. Jestem jednak leniwy i nie sprawdziłem w internecie, jak się nazywa w rzeczywistości wójt. Czyżby podane przeze mnie personalia były zgodne ze stanem faktycznym? Hmm. Zastanówmy się przez chwilę.

Gdyby zobaczyłby pan wypisany przeze mnie adres nadawcy na klatce z psem, oznaczałoby to, że już zobaczył pan tego Gremlinga, jak nazwał go kuzyn. Tymczasem w ogóle nie wspomina pan o tym nieszczęsnym zwierzęciu.

Oznacza to, iż historia z wójtem musi być interesująca. Proszę o wprowadzenie w szczegóły i odpowiedź, czy pies w końcu do pana dotarł.

Zaintrygowany pacjent vel łowca koincydentów

P.S. Dziękuję za sugestię z nową grupą docelową. Przyznam się, iż mam mały problem z samodyscypliną przy pisaniu książki.

W roku 2010 napisałem tylko 20 stron. (Jeśli tak dalej pójdzie, doba będzie mieć już 52 godziny, a moje kolejne reinkarnacje wciąż będą się męczyć nad powieścią. Nie wierzę w reinkarnacje :p)

W poszukiwaniu materiałów do samodzielnego prania mózgu (czyli w celu zdobycia motywacji) zacząłem buszować po internecie i trafiłem na liczne grupy maniaków sukcesu. Myślę, iż moje opowiadania o życiowych nieudacznikach mogą na ich stronach znakomicie obrazować punkt zero kariery milionera, czyli etap pucybuta.

Możliwe, iż kiedyś zacznę dla nich pisać ebooki pod pseudonimem, jeden z nich trafi przypadkiem do pana i w ten incydentalny sposób pacjent zrobi panu pranie mózgu.

Telegram
KMP Oborniki do KMP Łukowa

Proszę o przesłuchanie Włodzimierza Pawskiego. W dniu 06 01 2011 wpłynął do nas wniosek Wójta Gminy Oborniki o zbadanie tożsamości Włodzimierza Pawskiego, podającego się za psychiatrę w szpitalu chorób psychicznych w Łukowej. Zachodzi podejrzenie, że nie jest on osobą, za którą się podaje. Załączam wniosek.

St sierżant Jacek Klimuszko, WK w KMP Oborniki.

Pismo urzędowe:

KMP Łukowa do Włodzimierza Pawskiego

Zawiadomienie

Proszę o stawienie się w KMP Łukowa w dniu 13 01 2011 o godz. 11 30 w pokoju nr 6 w celu złożenia zeznań.

Sierżant Magda Wojtyła

Wydział Kryminalny KMP Łukowa

ul. Leśna 26/28 Łukowa

Email: od‹w.pawski@...› do‹hubert.kawka@...›

Poszukiwana wrednizno,

w trakcie mojej przypadkowej wizyty w pobliskim komisariacie złożyłem wniosek o odnalezienie pana wkurzającej osoby i poddanie przymusowemu leczeniu. Po rozpatrzeniu sprawy przez policję postępowanie zostanie przekazane do sądu.

Z pewnością nastąpi to automatycznie – nękanie mojej osoby głupimi mailami i kradzież danych osobowych to wystarczające przesłanki, aby pana udupić na najbliższe pół roku. Mam nadzieję, że trafi pan na inny oddział niż mój; jakoś nie mam ochoty oglądać pańskiej nie zapadającej w pamięć fizjonomii.

Adieu!

Email: od <hubert.kawka@...> do<w.pawski@...>

Szanowny doktorze!

Nie można mnie posądzić o kradzież danych personalnych – sprawdziłem w internecie – wójt nazywa się inaczej, niż to widnieje na klatce z psem. Poza tym musi pan przyznać, iż mam prawo popaść w manię wielkości, skoro, biorąc pod uwagę pańską długą praktykę lekarską, udało mi się pana wyprowadzić z równowagi do tego stopnia, że skierował pan sprawę do sądu.

Posumujmy realia, które pana do tego skłoniły: listy smutnego wariata, pełne nieskładnych refleksji oraz przesyłka w postaci wyimaginowanego psa. Poza tym dobrze pamiętam pańskie warunki – wniosek o przymusowe leczenie zostanie skierowany do sądu w przypadku nieleczenia się, na co nie ma pan żadnych dowodów (na kradzież danych zapewne też, założę się że skasował pan wszystkie maile... ups, ale się podłożyłem...Włodek, błagam, skasuj tego maila!)

Hubert Kawka

P.S. Tu gdzie mieszkam, nogami i rękoma zapierają się, żeby mnie nie leczyć.

P.S. 2 Załączam wypracowanie ucznia mojej śp. ciotki, która była nauczycielką.

Kazała mu je przeczytać przy całej klasie, a trzy dni później znaleziono ją martwą.

P.S.3 Ostatnio spotkałem osobę ze wsi Oborniki.

Wypracowanie

„Jak spędziłem wakacje" Jan Kowalski, II c

Moje wakacje były szare i nudne, jak moje dane osobowe. Gdy byłem małym dzieckiem wydawało mi się, że noszę nazwisko jakiejś ważnej osobistości, skoro dane te zostały umieszczone na większości skrzynek pocztowych.

Wyobrażałem sobie, iż to jakiś odważny kurier, od którego szybkości pracy zależały losy świata. Prawda mnie rozczarowała.

Prawdą jest też, że nigdy nie zostanę pisarzem, skoro już w drugim zdaniu wypracowania na zadany temat pojawia się dygresja. Wróćmy więc do moich nieszczęsnych wakacji.

Aczkolwiek pojawia się tu kolejna dygresja. Dlaczego nauczyciele mają przywilej zaglądania w nasz prywatny czas, jakim są dwa miesiące wolne od udręk szkolnych?

Dlaczego nigdy nie usłyszeliśmy o wakacjach nauczycieli? Czyżby nad tymi opowieściami ciążyła cenzura?

Szybko wracam do tematu, gdyż zapewne w myślach czytającej to szanownej nauczycielki pojawiła się błyskotliwa refleksja o ocenie niedostatecznej. Tak, czuję, że zrobiłbym karierę, niczym Nostradamus, gdyby nie moje „powszechne" dane osobowe.

Moje wakacje spędziłem w przetwórni owoców i warzyw pod

czujnym okiem brygadzistki, której nazwisko brzmiało Wojna, i, sądząc po charakterze owej niewiasty, jej przodkowie musieli dokonywać niezwykle walecznych czynów, czy to w czasie wojen sąsiedzkich o 20 cm miedzy, czy to w czasie wojen światowych, podczas których ich regularne oddziaływanie na wroga, polegające na samym istnieniu, przyczyniło się zapewne do wielu wygranych bitew z ukatrupieniem Hitlera włącznie.

Życie w przetwórni płynęło pracownikom na biciu rekordów w tempie wkładania ogórków do słoików. Ze względu na wrodzoną dokładność nie brałem udziału w tym wyścigu szczurów, przez co nie zarobiłem dużo, ale moje słoiki służyły za wzorzec dla innych pracowników, jak powinny wyglądać gotowe słoiki. Wojnowa robiła przerwę i obnosiła je po całej hali.

Po upływie około półtorej miesiąca skończył się ogórek i musiałem pogrążyć się w bezczynności.

Miałem dużo czasu na rozmyślania, co, w połączeniu z moim wiekiem, nie mogło przynieść niczego dobrego. Postanowiłem pojechać autostopem w góry. Wyjazd z założenia miał trwać tydzień, ale już pierwszej nocy nastąpiła konfrontacja z niedźwiedzicą i szybko zwinąłem żagle. Wróciłem ubłocony do domu. Po tej sromotnej klęsce przesiedziałem resztę wakacji w domu, kontestując ładną pogodę.

Email: od <w.pawski@...> do <hubert.kawka@...>

Dziwny Pacjencie!

Dotarła do mnie przesyłka z psem. Jak na przydługi pobyt w skrzynce dla zwierząt, zdradzał niespodziewaną żywotność i pachniał markowymi perfumami.

Z litości nad zwierzęciem zabrałem go na spacer.

Pies najkrótszą drogą zaciągnął mnie do najbliższego muzeum i oddał mocz na jego drzwi na oczach strażników miejskich. Musiałem zapłacić mandat.

Nie zaliczam się jednak do skner, które zaczną komuś ubliżać ze ze wględu na stracone pieniądze. Otóż, aby panu ubliżyć, mam znacznie więcej powodów.

Wietrzę tutaj poważną intrygę. Na początek postawię pytania: Skąd pies, wabiący się Kustosz, wiedział, gdzie znajduje się najbliższe muzeum?

Dlaczego oddał mocz dopiero na jego drzwi, skoro po drodze było znacznie więcej i znacznie bardziej stosownych do psich obyczajów obiektów?

Nasuwa się hipoteza, iż pies został wytrenowany.

Co za tym idzie, przez określony czas regularnie odbywał pan spacery z psem na trasie między moim domem a muzeum. To zaś oznacza, iż cierpi pan na poważną psychozę i stanowi zagrożenie dla mnie i reszty społeczeństwa.

Poinformowałem policję.

Policjanci przewertowali dane osobowe pacjentów mojej

przychodni i szpitala, w którym leczę. Nie znaleźli żadnej osoby o danych personalnych Hubert Kawka.

Postanowili przejrzeć zapisy kamer CCTV z muzeum, ale zakrawa to na syzyfową pracę, gdyż nie wiadomo dokładnie, kiedy trenował pan psa.

Proszę o dobrowolne zgłoszenie się do najbliższej poradni psychiatrycznej i poddanie się leczeniu.

Wkrótce i tak zostanie pan wytropiony przez IP w pana komputerze, z którego były wysyłane maile.

Włodzimierz Pawski

Email: od‹hubert.kawka@...› do ‹w.pawski@...›

O cholera, zupełnie zapomniałem o panu i psie, a to już prawie rok minął od ostatniego maila. Na swoją obronę napiszę, iż pracowałem na dwóch etatach, ale mimo to czuję się fatalnie, że zapomniałem o tym biednym zwierzęciu.

Wyjaśniam wszystko po kolei. Po pierwsze, nigdy nie trenowałem psa, gdyż nigdy nie widziałem go na oczy. Po objęciu przeze mnie psa w spadku, opiekował się nim w moim zastępstwie kuzyn, który może poświadczyć moją prawdomówność w tej sprawie. Po drugie, pies został nazwany Kustoszem właśnie przez swoje obyczaje – odlewanie się na drzwi muzeów. Nikt nie potrafił wyjaśnić, w jaki sposób znajduje budynki muzealne, ani dlaczego je obsikuje.

Jako niespełna rozumu wysunę dwie hipotezy. Pies jest reinkarnacją szalonego muzealnika lub pies jest typem zdobywcy, leczącego psie kompleksy poprzez obsikiwanie (znaczenie terenu) tego, co jeszcze nie zostało obsikane przez inne psy.

Tak na poważnie, sam nie wiem o co w tym chodzi.

Po trzecie (wracam do wyjaśnień a propos pańskich tez i hipotez) – leczyłem się dwukrotnie w pańskim szpitalu i nie mam bladego pojęcia, dlaczego moje dane osobowe zniknęły z kartotek tej poważnej instytucyji.

Po czwarte – staram się leczyć, ale tutejsi psychiatrzy nie kwapią się do tego. Dodam, iż według mojej obiektywnej oceny, sami kwalifikują się do leczenia psychiatrycznego.

Przeczytałem też swoje brednie, tzn. maile i muszę przyznać, iż nie wskazują one na zdroworozsądkowy typ myślenia u ich autora.

(przy okazji przepraszam za literówki w mailach, ale mój komputer został zhakowany, przez co na przykład małe "i" zamienia się w I. No I oczywiście w cudzysłowie wyszło ładnie, jako małe, coby zaprzeczyć moim słowom.)

Zarzuciłem też swoją misję zmiany sposobu myślenia o innych schizofrenikach, gdyż nie mam zamiaru ponosić odpowiedzialności za ich ewentualne czyny po daniu im kredytu wiary I zaufania. Nie chcę popadać w manię wielkości, ale prawdopodobnie jestem jednym z nielicznych przypadków schizofreników, którzy mimo swojej choroby mogą normalnie funkcjonować w społeczeństwie, nie będąc przy tym podejrzewanym o jakąkolwiek chorobę psychiczną.

Pragnę przy tym dodać, iż nie zaliczam się do tzw. "niezapamiętanych przypadków". W każdym środowisku funkcjonuję niczym celebryta – moje zachowanie I moja osoba są źródłem powszechnego zainteresowania I plotek.

Dodam, iż średnio jestem zachwycony takim stanem rzeczy.

Psem prawdopodobnie zainteresowała się jakaś stewardessa, ale po roku walki z jego nawykami poddała się I nadała ponownie przesyłkę na adres docelowy.

Z tego co wiem, darowizny, jako akt sam w sobie, nie są karane. Z tego jednak co pamiętam, policja już wcześniej miała się zająć moim przypadkiem, co jednak nie nastąpiło.

Jak pan to wyjaśni? Z poważaniem

Hubert Kawka

Email: od ‹w.pawski@...› do ‹hubert.kawka@...›

Właśnie zdałem sobie sprawę, jak niestosownym pomysłem było skontaktowanie się z panem. Zaraz zasypie mnie pan zapewne mailami o bliskich kontaktach pierwszego stopnia z kosmitami na usługach CIA, tudzież przebranymi za psie mieszańce.

Następnie przejdzie pan do rozpisywania się nad koincydentami, których zdrowa osoba w ogóle by nie zauważyła, a w pańskiej świadomości, skrzywionej poważną chorobą psychiczną, będą to argumenty, stanowiące bazę dla cudacznych teorii spiskowych, w których główne role będą grać reinkarnacje wybitnych, historycznych postaci, które po prostu nie mogą zaznać spokoju wiecznego odpoczynku, dopóki nie skontaktują się z pańską osobą.

Zaznaczam, iż była to ironia, a nie potwierdzenie faktów, aczkolwiek obecne zdanie zostanie zapewne przez pana odebrane jako mydlenie oczu, gdyż wszelkie bezpośrednie informacje grożą przechwyceniem przez "nich".

Z czysto naukowej ciekawości zapytam, kim też "oni" według pana są? Czy zna pan już narodowość swoich prześladowców i nazwę owej potężnej organizacji państwowej, do której według pana "oni " należą?

Z życzeniami zdrowia psychicznego i powrotu do rzeczywistości,

W.P

Email: od‹hubert.kawka@...› do ‹w.pawski@...›

Myślę, iż prześladują mnie potomkowie Wielkiej Żaby, do której nikt się nigdy nie modlił, co sprawiło, iż jej mania wielkości zapisała się w kodzie genetycznym, czego wynikiem są superinteligentne, gadające żaby. Nie kontaktują się z byle kim, co można prześledzić w świadomości zbiorowej. Legendy wspominają jedynie o ich kontaktach z przedstawicielami rodów królewskich.

Opierając się na tych danych śmiem twierdzić, iż jestem potomkiem jakiejś bękarciej linii wiodącej na szczyt władzy tego świata I żaby prześladują mnie, abym pamiętał o swoim dziedzictwie, a gdy już będę na górze, w swą koronę mam wpleść wizerunek Wielkiej Żaby.

Analizując, jako antropolog, swoje powyższe wywody, w Wielkiej Żabie doszukałbym się symbolu międzynarodowej plagi.

Aktualnie, śmiem twierdzić, władza opiera się między innymi na dostępie do informacji (na przykład na temat zaawansowanych technologii).

Plaga byłaby więc dezinformacją, a ja jestem jej siewcą. Nasz światopogląd opiera się na informacjach także.

Wyobraźmy sobie, że dzięki nowym przesłankom musimy zakwestionować nasze dotychczasowe postrzeganie świata. Poszczególne trybiki w społecznej maszynie przestałyby funkcjonować poprawnie.

Wpuściłem już pana w maliny? Uwierzył pan w teorię Wielkiej Żaby?

Z poważaniem Hubert Kawka

P.S. Czyżbym przypadkiem znalazł sposób na "mentalną" rewolucję?

Dodam, iż wywody w tym mailu zostały wymyślone na poczekaniu (tak, jestem trochę kreatywny), aby zadrwić sobie z pana, tak jak pan to lubi robić ze swoimi pacjentami).

Nie wiem wciąż kim są moi prześladowcy, ale nienawidzę ich za upierdliwe próby zniszczenia mojego życia I psychiki.

Daruję sobie przykłady ich negatywnej I bezprawnej działalności, gdyż zdaję sobie sprawę, jak nieprawdopodobnie to brzmi.

Wezmę się w końcu za swoją nieudaczność, zarobię pieniądze na procesy sądowe I zrobię z nimi porządek. Albo zabawię się z nimi, stosując ich metody I wtedy może być już nie tak śmiesznie.

Email: od‹w.pawski@...› do ‹hubert.kawka@...›

Muszę przyznać, iż jest pan w swojej chorobie trochę oryginalny. Ale moje naukowe zainteresowanie nie przeszkodzi mi skontaktować się z organami ścigania.

Aktualnie przygotowuje materiały na międzynarodową konferencję, więc trochę mi nie po drodze na komendę. O teorii Wielkiej Żaby faktycznie nic nie słyszałem.

Muszę jednak panu zdradzić, iż wszelkie zmiany w mentalności ludzi są wynikiem długiego i żmudnego procesu, ze względu na naszą zachowawczą naturę.

Nie wróżę więc panu świetlanej, rewolucyjnej kariery. Pańska teoria Wielkiej Żaby rozbawiłaby mnie, gdyby nie pańska gotowość do wywrócenia ładu i porządku do góry nogami.

I proszę mi powiedzieć, jakim cudem udało się panu

skończyć studia? Udawał pan zdrowego na umyśle? Czy też nikomu nie chciało się przeczytać pańskiej, cudacznej zapewne, pracy magisterskiej?

Jest to z pewnością ogromny sukces, ale myślę, iż kadry szkoły wyższej były poinformowane o pańskiej chorobie, i z litości dały panu papier, doskonale wiedząc, iż nie znajdzie pan pracy na żadnym normalnym etacie.

W jakim charakterze obecnie pan pracuje? Wciąż zdobywa szlify w fabryce?

WP

Email: od‹hubert.kawka@...› do ‹w.pawski@...›

Zapewne moja obecna profesja przerazi pana. Jestem ochroniarzem w Anglii. W mojej pracy użeranie się z Batmanem to codzienność, przy czym, w przeciwieństwie do scenariuszy kreskówek i filmów, potrafię go nakłonić, aby zdjął maskę. Tak, zapewne teraz pan sobie pomyślał: - "Uderz w stół, a nożyce się odezwą."

Więc wyjaśnię – Batman to nastolatek, który udał się do pubu, w którym pracowałem, przebrany za Batmana.

Uważam, iż moja praca polega na ćwiczeniu się w sztuce dyplomacji. Już pierwszego dnia w tym fachu postanowiłem być grzeczny dla klientów, stawiając się w ich sytuacji. Wyobraźmy sobie, że ktoś idzie do pubu, teatru, czy na koncert. Zazwyczaj kierowany jest potrzebą socjalizacji I spragniony jest akceptacji. Gdy więc obsługa potraktuje go jak kawałek śmierdzącej kupy, może się poczuć nieszczególnie. Dlatego dla wszystkich staram się być miły I uprzejmy. Jeżeli ktoś na to nie reaguje, formułuję polecenie w jeszcze bardziej uprzejmej formie I w większości przypadków delikwentom opadają ręce I czują, że zabrnęli w ślepą uliczkę.

Oczywiście, wszystkie te zasady nie znajdują zastosowania w przypadku kłopotliwych idiotów, którymi to osobami otwiera się drzwi I zakazuje dożywotnio wstępu na teren obiektu.

Zauważyłem też w tej pracy kilka ciekawych rzeczy. Mimo iż, pracując na dyskotece, nie piję żadnego alkoholu, pod koniec pracy czuję się lekko oszołomiony, a następnego dnia mam kaca.

Tłumaczę to sobie wytwarzaniem endorfin w organizmie, pod wpływem przebywania w bawiącym się tłumie.

Prowadzę też socjologiczne badania, dzieląc ludzi na typy klientów.

Poza tym, proszę uważać I nie spaść z klozetu, na którym, z tego co wiem, spędza pan długie godziny, stukając w laptop, trenuję też sztuki walki.

Tyle informacji o moim fachu na początek. HK

xxxx

Email: od‹w.pawski@...› do ‹hubert.kawka@...›

Szanowny Pacjencie,

postaram się być miły w tym mailu, coby nie poczuł się pan nieszczególnie i nie poszedł mordować bogu ducha winnych członków angielskiego społeczeństwa.

Nie siedzę na klozecie przez długie godziny. Jest to pomówienie i oszczerstwo, którego autorką jest pewna pielęgniarka, która dostała chorobliwej obsesji na moim punkcie. Zanim została zwolniona, rozpuściła mnóstwo plotek na mój temat, ku uciesze niespełna rozumu pacjentów.

Dlatego stanowczo zaprzeczam, że siadam na klozecie z opuszczonymi spodniami i w takim stanie piszę artykuły naukowe, czy też że staję przed lustrem z paprotką w ręku mówiąc: "My name is Leon. You don't want to know my surname", powtarzając tę czynność kilka razy dziennie. Zaprzeczam też, że cierpię na bezsenność i czasami, gdy nie mogę spać, idę do budki telefonicznej , budząc mniej lubianych znajomych głuchymi telefonami. Zaprzeczam, że dręczę sąsiadów, ubijając kotlety o ósmej rano w niedzielę i kosząc trawnik o szóstej rano w soboty. Poza tym nie dręczę też kota, bo żadnego nie mam, nie dawkuję też końskich dawek leków pacjentom przez złośliwość, ale dlatego, że tego potrzebują. Potrafię parkować i nie rysuję 30 samochodów dziennie przez nieudolne próby tej czynności.

Nie prowadzę żadnego bloga, na którym opisuję perypetie znajomych i pacjentów. Nie piszę donosów na policję.

Pokazał pan, jak małym rozumkiem dysponuje, wierząc w te wszystkie brednie. Mimo uzyskanego stopnia magistra, nie dysponuje pan naukowym sposobem postrzegania świata. Zwłaszcza w dziedzinie codzienności.

Choroba umysłowa każe panu kwestionować i zastanawiać się nad najbardziej trywialnymi sprawami i procesami, które przez normalne głowy nie są nawet zauważane. Ujrzany po raz pierwszy gatunek żuka jest dla pana kwintesencją pochodzenia z innej planety, zwłaszcza gdy jest koloru zielonego. Zewsząd atakują pana znaki i symbole, potwierdzające urojone przez pana teorie funkcjonowania tego świata.

Zdradzę panu pewną tajemnicę: koniec świata jest bliski. Proszę zacząć magazynować wodę i jedzenie. Proszę nie wychodzić z domu, jeżeli odejdzie pan na dalej niż 10 metrów od domu, nastąpi natychmiastowy koniec świata. Nie wolno panu komunikować się w żadnym innym języku, niż polski. Jeżeli powie pan chociaż jedno słowo w obcym języku, nastąpi natychmiastowy koniec świata.

Proszę przestać chodzić do pracy. Dostałem informację, iż "oni" będą tam na pana czekać.

Z życzliwym błogosławieństwem pomyślności,

WP

Email: od <hubert.kawka@...> do <w.pawski@...>

Szanowny Lekarzu,

ma pan rację; koniec świata jest bliski. Jeden ze znajomych pracuje w NFZ I poufnie dowiedział się o nowej epidemii z epicentrami w Afryce. Informacje te uchowały się jeszcze przed prasą, co jest tak wielkim ewenementem, iż zdaje się poświadczać, że koniec świata jest bliski, skoro schizofrenik polskiego pochodzenia wie więcej od dziennikarzy BBC.

Epidemia ta atakuje mózg, osłabiając sprawność myślenia, struktury postrzegania, analizy itp. Otoczenie zauważa tylko, że daną osoby prześladuje pech. Poprzez popełnianie błędów delikwenci tracą pracę. W intymnych sytuacjach zwracają się do partnerów, używając innych imion. W ich codzienne, małe rytuały wkracza chaos.

Jak zapewne łatwo się domyśleć, choroba doprowadza ich życia do ruiny.

Co gorsza, przenoszona jest drogą kropelkową, jak grypa. Stadium wykluwania się trwa kilka miesięcy. Zainfekowanych zostało kilka miast w Afryce.

Specjaliści wciąż spierają się, z czym też mogą mieć do czynienia. W miastach panuje chaos, będący wynikiem drobnych, ale systematycznie popełnianych przez kilkadziesiąt – kilkaset tysięcy osób błędów.

Mylą się kierowcy, bankierzy, sędziowie, sklepikarze.

Wydawać by się mogło, że rozwinie się w tych miastach

41

przestępczość, ale przestępców też prześladuje pech, są nagminnie łapani przez policję, policjanci popełniają błędy, przestępcy wychodzą na wolność, okazuje się, że ich prawnicy tez popełnili błędy I kryminaliści idą do więzienia, gdzie obsługa więziennictwa też popełnia błędy, przestępcy uciekają, ale popełniają błędy.

Jestem tak przerażony, że przestałem kupować banany I pomarańcze, chociaż sprowadzane są one w moim mieście z Ameryki Południowej I Grecji, ale jakoś kojarzą mi się z Afryką.

W przypadku zauważenia opisanych objawów proszę zgłosić się do NFZ po pewną pigułkę, która nazywa się "pewna pigułka" (nazwa pochodzi od skuteczności). Podobno ów lek działa.

Pozdrawiam H.K.

Email: <w.pawski@...> do <hubert.kawka@...>

Ma mnie pan za durnia? Już sobie wyobrażam pańską histerię śmiechu na samo wyobrażenie mnie w sytuacji, gdy udaję się do NFZ-u i pytam o pewną pigułkę, bo dopadła mnie epidemia pecha... albo o pewną pigułkę na pecha... albo o pigułkę, która się nazywa pewna, bo miałem pecha...

Mogłoby się to skończyć w dwojaki sposób: dostałbym pigułkę "24 godziny po stosunku", albo zamknięto by mnie w moim szpitalu jako pacjenta, ku uciesze mojej "trzódki", jak to pan kiedyś nazwał moich pacjentów, którzy mogliby mnie bezkarnie dręczyć.

Ale czymże ja się przejmuję? Mailem chorego? Phi. Idę do pracy, a pan niech idzie spać, przynajmniej są większe szanse, że nic pan we śnie nie spierdoli.

Lekarz

P.S.

I może pan jeszcze powie, że jest sobą?

Email: od‹hubert.kawka@...›do‹w.pawski@...›

Jestem sobą? Ekhm. A o którą z moich osobowości panu chodzi?

P.S.

Podrzucam pierwszy rozdział mojej powieści. Wydaje mi się, że będzie pan bezcennym krytykiem.

P.S. 2

Proszę nie ograniczać swoich hipotez do zawężonej wyraźnie liczby, gdyż mogą nastąpić okoliczności przez pana nieprzewidziane I nastąpi kolejna, lub kilka różnych rzeczy.

P.S.3

Podrzucam całą niedokończoną powieść i czekam na konstruktywną opinię (też nie lubię kalek językowych).

Email: od‹w.pawski@...› do ‹hubert.kawka@...›

Przeczytałem z ciekawości pierwszy rozdział pańskiej powieści. Ciekawość ta nie była spowodowana tym, że utwór został napisany przez schizofrenika.

Zaciekawiło mnie, co też mógł napisać morderca. Tak, morderca.

Z udostępnionych mi źródeł dowiedziałem się, iż ma pan na sumieniu swojego szefa, Mariana. Muszę przyznać, iż rozpocząłem lekturę z pewnym przestrachem, gdyż miałem już do czynienia w trakcie mojej kariery z kilkoma psychopatami i z pewnością nie stanowili dobrego materiału na kolegów do picia wódki. Pański beznamiętny, mechaniczny styl pisania nie wzbudza u mnie pozytywnych przeczuć. Co ma pan zamiar zrobić tej nieszczęsnej bohaterce?

Czy to prawdziwa postać, gnijąca obecnie w czyimś ogródku lub lesie, czyli pańska kolejna ofiara????

Czy swoją ciotkę też pan zamordował?

Czy wybrał mnie pan na swojego powiernika, aby świat dowiedział się o pańskich "sukcesach" w zabijaniu ludzi?

W. Pawski

Email: od <hubert.kawka@...> do<w.pawski@...>

Też zająłem się lekturą pańskiej radosnej twórczości w postaci korespondencji mailowej i muszę przyznać, iż tak jak morze mojej głupoty jest szerokie i bezdenne, tak poziom mojej konsternacji osiągnął obecnie dno Rowu Mariańskiego.

Czyżby nie posłuchał pan mojej rady o piciu ziółek na skołatane nerwy i zaczął eksperymentować z lekami ze szpitalnej apteczki?

Rozumiem, że moje maile mogą być nieskładne, niespójne i o dupie Maryny, która uleciała z wiatrem, ale po panu spodziewałbym się bardziej logicznych i powiązanych z rzeczywistością maili.

Czyżby choroby psychiczne były zakaźne? Czy pan oszalał?

Kim do cholery jest Marian?

Nie przypominam sobie, aby jakikolwiek mój szef nosił takie imię. Czyżbym miał porządną (na przykład kilkuletnią) wyrwę w pamięci, a później zrobiono mi pranie mózgu i operację plastyczną?

Pański email jest bardziej przerażający niż moja grafomania o szarym człowieku bez charakteru. Proszę o wyjaśnienia.

Hubert Kawka

Email: od ‹w.pawski@...› do ‹hubert.kawka@...›

Pranie mózgu nie jest panu potrzebne, wystarczająco dobrze radzi pan sobie z utratą poczucia rzeczywistości.

Czyżby był pan tak rozkojarzony, że zapomniał pan o swoich dawnych zbrodniach? Od razu mówię, że nie jest to dobra linia obrony w sądzie. Może udała się panu sztuczka ze schizofrenią – naprawdę wiarygodnie udawał pan chorego psychicznie, ale amnezja to już wyższa szkoła jazdy.

Dlaczego nie poszedł pan do szkoły aktorskiej, tylko wykorzystał swój dar w tak bestialski sposób?

Kontakt z panem jest obecnie jeszcze bardziej nieprzyjemny (chociaż kilka miesięcy temu trudno mi było sobie wyobrazić, że jest to możliwe – wtedy myślałem, że gorzej być nie może).

Proszę do mnie więcej nie pisać. Wkrótce skontaktuje się z panem policja.

W.P.

Email: od‹hubert.kawka@...› do ‹w.pawski@...›

Nie pisałbym więcej do pana, gdyż szanuję wolę bliźnich, ale to się staje naprawdę intrygujące.

Największą rewelacją jest to, że zaczął mnie pan uznawać za osobę poczytalną.

Inni pacjenci z pewnością z dniem otrzymania takiej opinii

lekarskiej, zapisaliby ów dzień w kalendarzu, a następnie, komunikując się przez internet z osobami „inaczej normalnymi", uczyniliby z tej daty „Międzynarodowy Dzień Świra Przez Pomyłkę".

Kilka lat temu cieszyłbym się z werdyktu, iż jestem zdrowy psychicznie, ale obecnie, obarczony bagażem dziwnych i niechcianych doświadczeń, wietrzę tutaj niezdrową aferę, w której zdecydowanie nie mam zamiaru uczestniczyć.

Moje głosy też są podobnego zdania, właśnie jeden powiedział:

„Co za zdrowy rozsądek!"

Cholera, one też są przeciwko mnie? Chcą mnie udupić swoimi wypowiedziami?

Nie wiem jeszcze, w co chce pan mnie wrobić, ale już widzę to zakończenie hipotetycznej sprawy: „Osoba jest poczytalna. Poświadczają to nawet słyszane przez nią głosy."

Czy tak, jak kiedyś starałem się udowodnić wszystkim, że z moją głową jest wszystko w porządku, tak teraz będę zmuszony walczyć o utrzymanie statusu osoby chorej psychicznie?

Przyzna pan, iż mogę znajdować się w stanie szoku i uprawomocniony jestem do żądania wyjaśnień. Nazwał mnie pan w końcu mordercą. Z tego, co pamiętam, nikogo nie zabiłem.

Moje głosy poświadczają to, mówiąc:

"Jeszcze nie..."

Ech, chyba przestanę cytować mendy (właśnie jeden głos powiedział: - Bardzo proszę!), bo już widzę te nagłówki gazet: „Udupiony przez własne głosy" lub „Czy świadectwo głosów może być dowodem sądowym w erze prawdopodobnych kontaktów trzeciego stopnia?"

Proszę o rzeczowe wyjaśnienie sprawy – dlaczego posądza mnie pan o morderstwo?

H.K.

Email: od‹w.pawski@...› do ‹hubert.kawka@...›

Miałem do pana już nie pisać, niestety zmuszają mnie znowu do tego pewne okoliczności. Przeczytałem pana pierwsze maile i natknąłem się na zdanie, informujące, iż doda pan do psa szczegółową instrukcję obsługi. Jeszcze takowej nie dostałem. Proszę mi powiedzieć, kto tresował to zwierzę?

Podczas ostatniego spaceru – tak, dobrze pan widzi – podczas ostatniego spaceru z psem... Przerwę, aby wyjaśnić – nie zapałałem nagłą sympatią do tego Gremlinga i z tego powodu chodzę z nim sobie na spacerki i w ogóle jest super... Po prostu nie miałem czasu, żeby pozbyć się gadziny. Jestem zajęty pisaniem ważnego artykułu naukowego i przygotowaniami do sympozjum. Uganianie się po schroniskach i próby wciśnięcia im tego dość dziwnego tworu natury, spełzły na niczym, gdyż Kustosz okazał się dość bystrym – muszę to przyznać - stworzeniem i w obliczu

48

zagrożenia bezpańskością, zaczął się zachowywać niczym mój długoletni, ukochany pupilek, patrząc mi przymilnie w oczy i emanując swoją przynależnością do mnie.

Zostałem zwyzywany od potworów bez serca. Wróciłem z gadziną do domu i oczywiście wszystko wróciło do normy, pies anektował moją sofę lub fotel... Wyjaśniam: wszystko zależy od tego, gdzie chcę usiąść. Zwierzę bacznie mnie obserwuje i w momencie, gdy chcę usiąść na sofie, wskakuje na nią przede mną, a gdy chcę spocząć na fotelu – pakuje się tam, warcząc, szczekając i szczerząc swoje małe kły. Tym razem pies zaanektował fotel i posyłał mi stamtąd spojrzenia bazyliszka.

Naprawdę, czasami się boję, że zagryzie mnie w nocy, gdy będę spać. Zamykam się w sypialni na klucz bo pies może potrafić otwierać drzwi.

Chyba zgubiłem wątek. Bierz pan tego psa, będziesz miał o czym pisać. Odpowiedzialność nie jest potrzebna – pies potrafi zadbać o siebie.

O czym to ja miałem pisać? O spacerze.

Idę więc na spacer z psem Kustoszem. Zazwyczaj wyrywa się w kierunku muzeów, a gdy chcę zmienić trasę, zatrzymuje się i zaczyna skomleć, jakbym go bił, albo mu robił krzywdę. Ludzie wtedy się zatrzymują i patrzą na mnie, jak na ostatniego drania. To naprawdę bardzo nieprzyjemne uczucie. Zazwyczaj więc rezygnuję i pozwalam mu zaprowadzić się pod muzeum, galerię, czy gdzie mu tam przyjdzie do głowy wysikać się danego dnia. Muszę przy tym zmieniać godziny spacerów, gdyż straż miejska ma mnie na uwadze.

Jestem dla nich żyłą złota – zapłaciłem już kilkanaście mandatów.

Wychodzę więc z psem na spacer... a ten zaczyna tuptać inną trasą. I na dodatek obsikuje latarnię! Muszę przyznać, że w tym momencie byłem bardziej szczęśliwy, niż gdy zaliczyłem pierwszą sesję na studiach. Poczułem się jak młody bóg!

Psu wreszcie przeszło, zapomniał o tresurze psychopaty – myślałem, ciesząc się, że szybko pozbędę się gada, na przykład wciskając go jakiejś paniusiowatej pacjentce pod pozorem terapii. (Tak, też jestem kreatywny i mam kilka planów, jak pozbyć się potwora). Pławiłem się więc w szczęściu i nawet postanowiłem psa pogłaskać. Kustosz warknął ostrzegawczo i czar prysł.

Pies coś knuł.

Przystanął na moment, zaczął węszyć w powietrzu, po czym pociągnął mnie w kierunku katedry. Zacząłem się bać. Muzea muzeami, ale jak zwierzęciu przyjdzie do głowy zacząć obsikiwać kościoły, mogę mieć niezłe problemy. Pies jednak minął katedrę i zaczął wyrywać się w kierunku pobliskiego parku. Było tam pusto, a przynajmniej, niestety, tak mi się wydawało.

Spuściłem psa ze smyczy i z pewnym naukowym zainteresowaniem obserwowałem, co będzie dalej. Zresztą po co ja panu to piszę? Próbuję dogadać się z zimnym psychopatą? I po co ja wysyłam te maile?

Email: od ‹w.pawski@...› do ‹hubert.kawka@...›

Uprzejmie informuję, że poprzedni mail został wysłany przez pomyłkę. Chciałem go skasować, ale przez przypadek nacisnąłem przycisk „wyślij" i moje wynurzenia poszły w wirtualny świat.

Z pewnością sprawi panu dużo niezdrowej radości. Proszę się więc dowiedzieć, iż normalni ludzie mają emocje, czyli coś, o czym pan raczej mało wie.

Email: od ‹hubert.kawka@...› do ‹w.pawski@...›

Pańskie wynurzenia przeczytałem z pewną dozą empatii. Niestety, instrukcja obsługi psa, spisana na wypadek nagłej śmierci przez ciotkę hipochondryczkę kilka lat temu, znajduje się aktualnie w posiadaniu policji. Funkcjonariusze wertują wszystkie papierki i śmietki ciotki, szukając jakiegoś punktu zaczepienia.

Śledztwo toczy się niemrawo, a ja jestem poza kręgiem podejrzanych. W zasadzie w ogóle nie ma kręgu podejrzanych.

Proszę opisać zachowanie psa. Ciotka kilka razy czytała mi instrukcję obsługi zwierzęcia w trakcie rozmów telefonicznych, przeplatając poszczególne polecenia i przykazania przepisami kuchennymi z użyciem dużej ilości czosnku.

Hubert Kawka

Email: od «w.pawski@...» do «hubert.kawka@...»

To policja wie o pana istnieniu? Naprawdę, ma pan dużo szczęścia, że jestem zajęty przygotowaniami do sympozjum.

Email: od , hubert.kawka@...» do «w.pawski@...»

Proszę przestać kopiować artykuły z zagranicznej prasy.
To na pewno się kiedyś wyda!

Email: od «w.pawski@...» do «hubert.kawka@...»

W przeciwieństwie do pana, potrafię naukowo zdiagnozować zjawiska, które są pana udziałem. Atak kosmitów to zazwyczaj ni mniej ni więcej problem z wydzielaniem dopaminy (aczkolwiek w pańskim przypadku trzeba wziąć też pod uwagę niedorozwój umysłowy). Jestem na tyle inteligentny, że sam potrafię pisać artykuły naukowe. Wspomniana kiedyś pielęgniarka kłamie w tej kwestii.

Email:od <hubert.kawka@...> do <w.pawski@...>

Jestem tak bardzo inteligentny, że nie potrafię sobie poradzić z małym pieskiem :p

Email: od <w.pawski@...> do <hubert.kawka@...>

Ciekawe, jak pan poradziłby sobie z taką sytuacją. Okazało się, że park nie był pusty.

Przechadzało się tam około sześciu kobiet w wieku produkcyjnym, a każda z nich użyła tych samych perfum znanej marki. Pies biegał między nimi, zaciągał się zapachem i kichał potężnie. Panie zaczęły się z niego śmiać, nie przeczuwając niebezpieczeństwa.

Kustosz najwyraźniej nie lubi, gdy ktoś się z niego śmieje, bo wpadł w furię. Tu ugryzł w łydkę, tam poszarpał drogą kieckę na strzępy. Jednym słowem – nastąpiłaby chwila mojego bankructwa, gdy panie podliczyły straty fizyczne i psychiczne, jazgocząc przy tym niczym warszawskie przekupki sprzed czasów okupacji. Pies nie chciał się uspokoić i musiałem zacząć powtarzać „dobry piesek... dobry piesek...".

Najwyraźniej lubi, gdy mu się kadzi, gdyż po tych słowach przestaje popełniać wykroczenia.

Niestety kobiety pomyślały, iż chwalę go za niecne czyny i że specjalnie poszczułem na nie zwierzę. Została wezwana policja. Przez niedopatrzenie nie posiadam książeczki szczepień bestii. Musiałem zapłacić wysoką karę pieniężną, jednak stanowiła tylko 10% ówczesnych żądań babsztyli. Połowa pokrzywdzonych wstąpiła na drogę sądową.

Od tego dnia pies atakuje wszystkie kobiety, używające wymienionych perfum.

I co na to radzi denatka? Czy przypadkiem nie została zagryziona?

Email: od <hubert.kawka@...> do <w.pawski@...>

Przykro mi, w trakcie rozmów telefonicznych z ciotką zazwyczaj grałem w pokera z kolegami, przez co moje dzikie chichoty, gdy miałem kiepskie karty, były usprawiedliwione rozmową telefoniczną.

Możliwe, że coś sobie przypomnę, gdy oceni pan moją powieść. Aby uzmysłowić panu, że podsyłam tylko i wyłącznie fikcję literacką, załączam opowiadanie, które jest wystarczająco absurdalne, aby to potwierdzić.

Hubert Kawka

Email: od <w.pawski@...> do <hubert.kawka@...>

Sprytnie pan to wymyślił, muszę przyznać.

Najpierw podsyła pan opowiadanie, w którym główny bohater ma na imię Cyryl, a poźniej zjawia się jakiś Cyryl w sprawie wynajmu pokoju (nie umieszczałem żadnego ogłoszenia o wynajmie).

Prawdopodobnie sądzi pan, że zareaguję jak jemu podobni i zacznę odczytywać z tych koincydentów znaki, iż na przykład koniec świata jest bliski, nadciągają hordy kosmitów itp.

Otóż niepotrzebnie się pan wysilał. Jako racjonalnie myśląca jednostka, potrafię odróżnić zbiegi okoliczności, przeznaczenie i hokusy pokusy od zaplanowanej działalności chorego psychicznie człowieka.

Ile wydał pan pieniędzy na zaaranżowanie tej wizyty? Naprawdę tak bardzo zalazłem panu za skórę w szpitalu? Nie dociera do pana, że takie choroby trzeba leczyć?

Email: od <hubert.kawka@...> do <w.pawski@...>

Jeżeli uważa pan, że jest przez kogoś prześladowany, proszę zgłosić to na policję. Oznajmiam, że nie mam nic wspólnego z Cyrylami z pańskiej rzeczywistości. Nikogo nie wynajmuję, żeby pana śledził, nie trenowałem psa, nie znam wójta i w ogóle nie wiem o co chodzi.

Proszę do mnie nie pisać. Hubert Kawka

Email: od <w.pawski@...> do <hubert.kawka@...>

Co? Proszę do mnie nie pisać???? Przecież to moja kwestia, to pan do mnie wypisuje głupoty i to pan mnie dręczy. Limit mojej empatii i cierpliwości się wyczerpał. Idę na policję.

Email: od <hubert.kawka@...> do <w.pawski@...>

Minęły trzy tygodnie, a obiecanej przez pana policji ani widu, ani słychu. Czyżby jednak sympozjum okazało się ważniejsze?

Email: od <w.pawski@...> do <leon.krol@...>

Witam,

przepraszam, że nie odpisałem wcześniej na pański email.

Pacjent, przed którym kiedyś pana ostrzegałem, według policji nie figuruje w spisie ludności.

Funkcjonariusze zasugerowali, aby zablokować piszącą do mnie maile osobę.

Nie rozwiązuje jednak to kwestii jej tożsamości.

Otrzymane dotychczas maile nie kwalifikują się jako pogróżki karalne itp. i policjanci nic nie mogą z tym zrobić.

Zablokowałbym tę osobę, ale boję się, że będzie dalej coś knuć. Jak na razie informuje mnie na bieżąco o postępach w rozwoju swojej manii. Czy mógłby pan napisać trochę więcej na temat Huberta Kawki i mojego imiennika Włodzimierza Pawskiego?

Z poważaniem

W. Pawski

Email: od ‹leon.krol@...› do ‹w.pawski@...›

Szanowny Panie,

rozumiem, że po mojej pierwszej, impulsywnej odpowiedzi mógł pan mieć opory przed napisaniem kolejnej wiadomości.

O Hubercie i Włodku krążą już tutaj legendy i sam dobrze nie wiem, o co chodzi. Postaram się skontaktować z tutejszą policją, powinni mieć jakieś racjonalne raporty. Może trochę potrwać, zanim uzyskam do nich dostęp, gdyż jestem zajęty przed zbliżającymi się wyborami.

Właśnie wpadłem na dobry pomysł. Myślę, że definitywne rozwiązanie sprawy Włodka i Huberta przysporzy mi głosów w zbliżających się wyborach. Ludzie boją się wchodzić do lasu, nikt nie chce objąć posady leśniczego. Las dziczeje, populacja dziczyzny rozrosła się ponad normę. Nie jest to dobre dla ekosystemu i przynosi straty gminie. Tak, zdecydowanie zajmę się tą sprawą i proszę o współpracę.

Leon Król

Email: od ‹hubert.kawka@...› do ‹w.pawski@...›

Jako domorosłego łowcę koincydentów zafascynowała mnie zbieżność wydarzeń, będąca pana udziałem i postanowiłem przeprowadzić mały eksperyment.

Przesyłam kolejne opowiadanie. Proszę poinformować mnie, jeśli spotka pan którąś z przedstawionych postaci (to może być bardzo interesujące).

Pozdrawiam Podkurowany Pacjent

Email: od ‹w.pawski@...› do ‹hubert.kawka@...›

Ile pana kosztowało zainscenizowanie walki operatorów walców drogowych? Sprawa z pewnością zostanie nagłośniona, gdyż poprzez ich czynności karalne został zniszczony kawałek mojej ulicy. To na pewno nie przejdzie bez echa. Dorzuciłem swoje trzy grosze i opowiedziałem o panu pewnej dziennikarce, pokazując przy okazji opowiadanie. Na pana miejscu spierdzielałbym teraz gdzieś na Wyspę Wielkanocną (myślę, że społeczność lokalna szybko by się tam z panem rozprawiła).

Czekam niecierpliwie na pańską klęskę.

Lekarz

Email: od ‹hubert.kawka@...› do ‹w.pawski@...›

To się staje zabawne! Widzę, że moja galopująca grafomania potrafi wpłynąć na czyjeś życie – w dość nieoczekiwany wprawdzie i niezamierzony sposób, ale jednak.

Dzisiaj będę pisać o zupach. Myślę, że jest to na tyle niegroźny temat, iż spokojnie mogę o nim pisać, a pan później opowiadać dziennikarzom. Jestem w trakcie tworzenia cyklu przepisów kulinarnych o nazwie

„Kamikadze". Po zjedzeniu wstępuje w człowieka odwaga i nic już nie jest straszne, nawet jesienna melancholia znika bez śladu. Aż chce się żyć, a równocześnie śmierć nie jest już straszna. Armia, która odkupiłaby ode mnie receptury, miałaby zapewnioną wygraną.

W pewnej książce natknąłem się na dywagacje postaci, jak armia brytyjska mogła podbić świat w przeszłości stołując żołnierzy swoją kuchnią.

W tym momencie przytoczę sytuację z życia wziętą: Gotowałem angielskie śniadanie, w pierwszej kolejności podsmażając angielskie kiełbaski. Sąsiedzi, czując zapach i myśląc, że gotuję potrawę z kraju mojego pochodzenia, skomentowali to następująco:

„Smells like shit!"

Miałem więc pewną satysfakcję, że tak podsumowali swoje produkty kulinarne, ale niestety nie miałem jak, kiedy i gdzie się tym podzielić.

Kończę, gdyż muszę iść sprawdzić, czy można już wsadzić zupę do lodówki, a może mi wygasnąć sesja pisania wiadomości – której nie chce mi się pisać na nowo.

Pozdrawiam i mam nadzieję, że nie zaatakuje pana ziemniak z zupy.

Hubert Kawka

Email: od ‹w.pawski@…› do ‹leon.krol@…›

Witam,

przepraszam, że ponaglam – czy dowiedział się pan już czegoś w sprawie dwóch osobników, o których ostatnio pisaliśmy? Jeden z nich, używając słów z waszego Dziennika, jest „upierdliwy ponad normatywną miarę". Gdyby nie to, że jestem zawołanym racjonalistą, już dawno bym zwariował. Musi on dysponować jakimiś nieziemskimi funduszami – może to być dla pana i policji pożyteczna wskazówka. Cokolwiek do mnie wyśle, czy to mail, czy to opowiadanie, zachodzi dosyć dziwna zbieżność wydarzeń, mająca powiązania z opisywaną przez niego rzeczywistością.

Ostatnio pisał jakieś psychopatyczne brednie o zupach i śmierci – tak, dobrze pan przeczytał – o zupach i śmierci.

Następnego dnia cały oddział zamknięty struł się zupą. Pacjenci zostali przewiezieni w celu obserwacji na oddział zakaźny, skąd większość zbiegła, zgodnie z moimi przewidywaniami. Nie wiadomo, co to za choroba. Mam poważne obawy przypuszczać, iż w sprawę z zupą zamieszany jest Hubert Kawka i teraz te wszystkie zarazki mogą się rozprzestrzenić po całym mieście, kraju czy kontynentach.

Podzieliłbym się swoimi obawami z prasą, ale zniechęciła mnie notatka prasowa. Cytuję ją, gdyż z uwagi na małą ilość wierszy nie została umieszczona w internecie.

Kto nas leczy?

Podczas spisywania relacji świadków walki operatorów walców drogowych, zgłosił się do nas pewien poważany lekarz psychiatra. Nie podajemy na razie danych personalnych, ale zajmiemy się tą sprawą. Lekarz twierdził, że walka jest mistyfikacją i została ukartowana przez pacjenta, który twierdzi, że był przez tego lekarza leczony. Lekarz stanowczo zaprzeczył, aby leczył owego pacjenta. Powiedział, że jest przez niego prześladowany od ponad roku.

Informacje te brzmiały tak niewiarygodnie, że zapytaliśmy biegłego lekarza sądowego o opinię.

Typowa schizofrenia paranoidalna – stwierdził lekarz, prosząc o anonimowość. Inni lekarze nie chcieli wypowiadać się przeciwko lekarzowi ze swego środowiska.

To poważna osoba – powiedział tylko jeden z rozmówców. - *Jeżeli o czymś mówi, to na pewno ma dowody.* (...)

Nie będę dalej cytować, gdyż obawiam się apopleksji. Czy uzyskał już pan dostęp do raportów policyjnych? Czekam niecierpliwie na odpowiedź,

Włodzimierz Pawski

Email: od ‹w.pawski@...› do ‹leon.krol@...›

Nie spałem dzisiaj w nocy i nad ranem wpadłem na pomysł, jak skłonić Huberta Kawkę do ujawnienia się – postraszę go,

że chcę opublikować jego grafomanię pod moim nazwiskiem. Nie jest to może najrozsądniejszy i najbardziej legalny pomysł, ale dostałem dzisiaj wezwanie na badania psychiatryczne i czas nagli.

Będę informować pana na bieżąco o rozwoju sytuacji.

W.P.

Email: od <looser@...> do <hubert.kawka@...>

Myślę, że nie ma pan nic przeciwko opublikowaniu pańskiej prozy pod moim nazwiskiem? Prosił mnie pan przecież o to, w trakcie pobytu w szpitalu, tłumacząc się niemożnością zostania osobą publiczną.

Oczywiście podpiszemy stosowną umowę, zasięgniemy porady prawników i podzielimy tantiemy autorskie na korzystnych dla pana warunkach.

Lekarz

Email: od <hubert.kawka@...> do <w.pawski@...>

Przykro mi, ale przewidziałem taką sytuację. Załączam fragment niedokończonego opowiadania.

Załącznik nr 1

„Zreformowana gula żołądkowa" PROCES

Psychiatra odłożył długopis, ukradziony w recepcji i pogrążył się w gorzkich rozmyślaniach.

Piętro wyżej, dokładnie nad pokojem psychiatry, Artur tworzył arcydzieło myśli literackiej XXI wieku, popijając herbatę pomarańczową z cynamonem i goździkami, upolowaną w akcie desperacji na Ebayu po tym, jak polscy producenci odmówili mu sprzedaży tego specyfiku.

Psychiatra ponownie chwycił za długopis, który jak na złość przestał pisać. Piętro wyżej Artur napełnił atramentem chińską podróbkę Parkera i tworzył dalej. Pomysły przychodziły jeden za drugim i momentami powstrzymywał myśli, aby nadążyć z zapisywaniem zdań. Liczne godziny medytacji na linii produkcyjnej fabryki, kiedy to pracował automatycznie, jak mały i żwawy robocik, obdarzyły go błyskotliwością, o której pozostali pisarze mogli marzyć. To dlatego mozolący się piętro niżej psychiatra ukradł jego książkę i postanowił ją opublikować jako własny, w pocie czoła wypracowany twór. Niestety, sprawiający wrażenie ofiary losu Artur, zamiast wzorowo popełnić samobójstwo, skierował sprawę do sądu i zaproponował tygodniowy pojedynek na twórczość literacką.

Należy uczciwie przyznać, że psychiatra był w głębokiej dupie, gdyż nie przeczytał całej, podwędzonej książki, a jedynie dwa pierwsze rozdziały. Przed tą czynnością zaopatrzył się w piwo, ukradzione współlokatorowi – planował je odkupić – licząc na godziwą rozrywkę przy wczytywaniu się w głupotki pacjenta. Piwo okazało się przeterminowane. Współlokator zorientował się, że ktoś podkrada mu trunki i, w akcie zemsty z premedytacją, podłożył do lodówki piwo z datą ważności sprzed kilku miesięcy, które znalazł u ciotki, używającej go jako „lekarstwa na nerki".

Psychiatra po kilku tabletkach, podwędzonych ze szpitalnej apteczki, które miały go wprowadzić w stan odmiennej świadomości, nie zauważył żadnej różnicy, ale jego arystokratyczny żołądek już tak, co skończyło się biciem rekordu w sprincie do toalety z przeskakiwaniem nad malowniczymi przeszkodami, typu podróbki Rembrandta, które dostał od jakiegoś pacjenta z chorobą dwubiegunową. Rozwalił przy tym sedes i lekko otrzeźwiały podliczył koszty naprawy, po czym znowu wpadł w amok i wtedy pojawił się genialny pomysł, aby ukraść książkę Artura, zarobić na niej kilka groszy i pokryć koszty naprawy, a za resztę pieniędzy przeprowadzić się na Maltę i założyć tam własny gabinet (polscy pacjenci byli jak na jego gust zbyt dramatyczni).

Psychiatra uporczywie próbował przywrócić długopisowi oznaki życia, kładąc na gorącym kaloryferze, ale skończyło się to jedynie dużą plamą na wykładzinie.

Email: od ‹w.pawski@...› do ‹hubert.kawka@...›

Nie widzę sensu dalszej dyskusji z Tobą.
Przykro mi, że musisz zmagać się z tak poważną chorobą.
Proszę, zapomnij o mnie.

Z wyrazami szacunku,

W.P

Email: od ‹w.pawski@...› do ‹hubert.kawka@...›
Czy wszystko w porządku?
Nie odzywasz się od kilku miesięcy.
W.P.

Email: od ‹w.pawski@...› do ‹hubert.kawka@...›
Halo?

Email: od ‹w.pawski@...› do ‹hubert.kawka@...›
Lokalna gazeta oskarżyła mnie o to, że sam do siebie piszę
e-maile — również te od Ciebie.
Bardzo Cię proszę, ujawnij się.
To naprawdę by mi pomogło.

Email: od ‹w.pawski@...› do ‹hubert.kawka@...›
Czy żyjesz?

Email: od ‹w.pawski@...› do ‹hubert.kawka@...›
Halo?

KONIEC